上园随笔（第七辑）

承向军 著

北京交通大学出版社
·北京·

内 容 简 介

本书由两部分组成：第一部分，心飞扬，以绝句、律诗和散文诗为主；第二部分，天地间，以散文和游记为主。本书主要描写对事物的感受和联想，以及生活中值得纪念和有趣的经历等。本书不仅抒发作者对大自然的亲近和热爱之情，更有朋友间的友情、家人间的亲情，还有对中国文化和宇宙奇观的崇敬之情，以及生活中体会到的喜悦之情。

图书在版编目（CIP）数据

上园随笔. 第七辑 / 承向军著. -- 北京 : 北京交通大学出版社, 2025. 8. -- ISBN 978-7-5121-5580-0

Ⅰ. I217.2

中国国家版本馆 CIP 数据核字第 2025HU9875 号

上园随笔（第七辑）
SHANGYUAN SUIBI (DI-QI JI)

责任编辑：严慧明
出版发行：北京交通大学出版社　电话：010-51686414　http://www.bjtup.com.cn
地　　址：北京市海淀区高梁桥斜街 44 号　　邮编：100044
印 刷 者：艺堂印刷（天津）有限公司
经　　销：全国新华书店
开　　本：148 mm×210 mm　　印张：4.375　　字数：70 千字
版 印 次：2025 年 8 月第 1 版　　2025 年 8 月第 1 次印刷
定　　价：39.90 元

本书如有质量问题，请向北京交通大学出版社质监组反映。
投诉电话：010-51686043，51686008；E-mail：press@bjtu.edu.cn。

作者简介

姓，承；名，向军；字，远；号，上园村民、群山云海；英文名，Mike Galaxy。

男，1968 年生于北京，祖籍江苏省常州市武进县（今武进区）焦溪镇，汉族，博士。1991 年获北京交通大学交通运输管理专业学士学位；1994 年获北京交通大学系统工程专业硕士学位；2005 年获北京交通大学交通运输规划与管理专业工学博士学位。2005 年 7 月至今一直在北京交通大学任教。

主编的大学本科生教材《城市交通概论》于 2016 年由北京交通大学出版社出版发行。编著的《交通仿真软件应用》于 2018 年由北京交通大学出版社出版发行。所著《上园随笔》（第一辑、第二辑、第三辑、第四辑、第五辑、第六辑）分别于 2015 年、2016 年、2017 年、2019 年、2022 年和 2024 年由北京交通大学出版社出版发行。所著《山高水远——承向军书法作品集》《水龙吟——承向军书法作品集》分别于 2022 年和 2024 年由北京交通大学出版社出版发行。所著《中国航空网的结构与演化》（中英双语）于 2024 年由北京交通大学出版社出版发行。所著《复杂网络的特性与演化》（全英文）于 2025 年由北京交通大学出版社出版发行。

目录

心飞扬

林芝

蓝天亮透云留印，
雄壮雪山桃成群。
花不醉人人自醉，
春风送暖暖人心。

2024 年 3 月 31 日
西藏，林芝

春日

漫卷波涛云万里，
巍峨耸立岭千奇。
远隔千里林芝聚，
共赏桃花在此期。

2024 年 3 月 31 日
西藏，林芝

水调歌头•林芝有感

云逸雪山近，桃花映蓝天。远望群山花海，雅鲁藏布边。仰视南迦巴瓦，险峰积雪覆盖，高耸入云巅。凡间慕者众，期盼见真颜。

行长路，进山村，赏景观。山前花下，亲密姐妹留瞬间。笑容更胜桃花，欢声常伴高山，永驻在心田。待到重逢日，畅意天地间。

2024 年 4 月 1 日

西藏，林芝

永遇乐·风雪旅途遇见你

心怀憧憬，脚踏实地，驱车上路。山路曲折，冰粒扑面，飞雪沿途阻。色季拉山，四七二八，再创崭新高度。路途遥，崎岖颠簸，依然穿云破雾。

临河樱花，貌佳韵雅，粉红酷似桃花。青稞水酒，丰盛菜肴，盛情东道主。金厅晚宴，佳音伴随，藏乐悠扬如诉。露笑颜，美好愿望，举杯共祝！

2024 年 4 月 2 日

西藏，林芝

林芝印象（之一）

南迦巴瓦雄奇险，
雅鲁藏布碧水湾。
然乌湖畔添新剧，
古通村边遇半仙。

2024 年 4 月 5 日
西藏，林芝

林芝印象（之二）

雪山雄壮集视线，
桃花粉艳醉凡间。
佳肴美景随处是，
络绎游人俱悦颜。

2024 年 4 月 5 日
西藏，林芝

沁园春•飞扬

东风劲吹，艳阳高照，万里晴空。比邻西直门，京城学府；上园村里，场馆恢宏。一年一度，乒乓会友，交大健儿试真功。看风采，体健配靓装，姹紫嫣红。

银球跃动蹦跳，众人围，炫舞牵目光。疾驰如闪电，一道弧线；直拍快攻，勇猛异常。酣争激烈，欢声持久，交大乒友情谊长。望星空，远光熠璀璨，我心飞扬。

2024 年 5 月 27 日

北京，上园村

注：有感于 2024 年度北京交通大学教职工乒乓球比赛的精彩场面。

永遇乐·驰骋绿茵

正午骄阳，如洗蓝天，运输机电。绿草如茵，球衣湛蓝，奔腾如闪电。意气飞扬，活力四射，球场回荡呐喊。豪气盛，协力齐心，热血再摘桂冠。

门将神勇，高接低挡，奋勇飞身救险。坚固铁卫，头顶脚踢，后防真稳健。攻守兼备，灵活调度，中场穿针引线。胆气壮，场场进球，锐利锋线。

2024 年 6 月 12 日

北京，上园村

注：谨以这首词祝贺运输机电联队在 2024 年度北京交通大学教职工足球比赛中蝉联冠军。

量子情缘

微观世界的奇妙现象，
令人浮想联翩：
一次偶然的相遇，
造就永恒的关联，
两个毫不相干的粒子，
结下跨越时空的情缘。

那决定命运的相见，
虽然十分短暂，
却因冥冥中的缘分，
诞生了一个共有的空间，
将两个彼此关照的心灵，

铸就持久的默契，
无论相距多么遥远，
双方总是同步改变，
如同心灵感应，
时刻心意相连。

那神奇的彼此相连，
人们不知原由，
面对超越时空的宿缘，
只能瞠目惊叹，
宇宙奥妙无穷，
有时也很浪漫。

2024年9月29日
北京，上园村

注：有感于微观世界中的“量子纠缠”现象。

棋道

快乐结棋友，
纹枰坐手谈。
开疆图广域，
落子并冲关。

2024 年 10 月 19 日
北京，上园村

团结杯

运输赛事燃球馆，

踊跃师生共并肩。

炫舞乒乓书大草，

飞扬活力奏乐篇。

2024 年 10 月 27 日

北京，上园村

诗词寄友情

唐诗宋词成典范，
家喻户晓永流传。
仿效古人结挚友，
作诗填词厚谊连。

2024 年 10 月 27 日
北京，上园村

注：2024 年 11 月 1 日在北京交通大学逸夫楼东 702 教室，为学校研究生骨干培训班主讲了一场主题为“穿越时空，体会唐诗宋词里的友情；关注现实，创作赠送友人的诗词”的讲座，在准备讲座用演示文稿时有所感触，创作此诗。

诗境

快乐结诗友，
飞扬筑梦欢。
妙思飘宇外，
暖意驻心间。

2024 年 11 月 21 日
北京，上园村

跑步

跑步吧，
穿上运动衣，
蹬上运动鞋，
推开屋门，
迎着晨光，
踏上旅途。

穿过街道，
绕过绿树，
迎着朝阳，
腾空脚步。

奔向旷野，
见远方群山叠翠，
有河流蜿蜒，
有青草如茵，
有飞鸟相随。

奔向高山，
见云雾缭绕，
有小路曲折而上，
有巨石稳坐树旁，
有松鼠跳跃枝头。

奔向大海，
见波涛激荡澎湃，
有浪花飞溅如雪，
有海鸥迎风飞翔，
有巨轮破浪远航。

奔向未来，

见繁星璀璨，

有银河横亘天际，

有猎户点缀星空，

有北斗指明方向。

2024 年 11 月 24 日

北京，上园村

飞翔

飞翔吧，
化身一只雄鹰，
展开双翅，
从山顶的树梢，
纵身一跃，
在蓝天白云下，
翱翔。

俯瞰大地：
河流勾勒出优美的曲线，
森林装饰着起伏的山峦，
百花盛开，

仿佛五彩缤纷的画卷，
在山川展开。

乘风而行：
穿入云层，
团团白雾在周围弥漫，
阵阵劲风在羽尖盘旋，
翅膀微斜，
破雾而出，
一片湛蓝。

海面辽阔：
浪花点点，
遥远的蓝色天际线，
向两侧无限延展，
一面白色风帆，
从远处闪现。

振翅高飞，

俯冲疾驰，

向着那艘帆船，

飞翔，

期待着那个瞬间：

降落在高高的桅杆顶端，

与风帆为伴。

2024 年 11 月 25 日

北京，上园村

到月球背面看银河

在不太遥远的未来，
当月地旅行，
就像郊游一样寻常，
我邀请你，
到月球背面看银河。

因为那里没有灯光，
也没有阳光的干扰，
只有辽阔而安静的宇宙，
衬托出横贯天际的壮丽银河。

一条在夜空中闪烁的星光之河，
二十万光年，
也只是浩瀚宇宙中的一小段距离，

却是人类仰望了百万年的宽度。

何时能从正面欣赏银河系？
目睹亿万恒星汇聚的圆盘，
观赏壮美的旋臂在星际伸展，
而不仅仅从侧面凝视，
这巨大无比的星空奇景。

希望有一天，
我们可以自由地在宇宙中穿行，
来往于星系之间，
到任何想去的地方观景。

2024 年 11 月 27 日
北京，上园村

音乐是一条河

音乐是一条河，
蜿蜒流淌，
奔腾不息。
那跳跃的音符，
仿佛河中的浪花，
在流动的水里欢畅。

音乐是一条河，
有时缓缓前行，
仿佛流过浅滩；
有时跌宕起伏，
好似冲过峡谷。

音乐是一条河，

滋润着大地，
哺育着生命，
每到一处，
都能带来一片生机，
孕育出青草林地。

音乐是一条河，
携带着灵动的气息，
焕发着青春的活力，
一路播撒希望，
沿途注入梦想。

2024 年 12 月 5 日
北京，上园村

歌曲是一阵风

歌曲是一阵风，
无影无形，
却能唤醒沉睡的心灵。
无色无味，
却能点亮指路的明灯。

歌曲是一阵风，
充满空间，
让人置身能量的海洋。
与内心共振，
令你感受心灵的激荡。

歌曲是一阵风，
有的轻柔温暖，

好似春风拂面；
有的雄浑刚劲，
犹如北风呼啸。

歌曲是一阵风，
带着勇往直前的力量，
等待着你扬起风帆，
启程远航。

2024 年 12 月 5 日
北京，上园村

无限

可数绵延无止境，
实轴不可数完全。
星空拓展延边界，
肇始谁知在哪年？

2024年12月22日
北京，上园村

混沌

貌似无章藏法度，
行为纷复蕴规则。
风霜雨雪千姿艳，
草长蝶飞百鸟歌。

2024 年 12 月 22 日
北京，上园村

踏雪飞翔

身着滑雪服，
从天而降，
银白雪峰，
一路踏雪飞翔。

风掠耳边，
呼呼作响，
蓬松雪面，
扬起一片。

雪仗轻点，
双腿略弯，
微侧身，
一道弧线。

如离弦的飞箭，
似破空的闪电，
在雪面滑过，
留下长长的印痕。

冲向一个山坡，
腾空仿佛云燕，
绕过一块巨石，
直奔远处蓝天。

2025 年 2 月 24 日
北京，上园村

风雪旅途

曲路盘山远，飘雪阻道繁。
寒风如劲舞，车队似龙盘。
素裹群山览，银装远树观。
颠簸增乐趣，谈笑越山巅。

2025 年 2 月 25 日
北京，上园村

崇山峻岭

五岳衡嵩恒华泰，三山雁荡庐黄山。
昆仑横亘高原北，秦岭绵延太行南。
武夷清泉飞瀑迅，祁连瑞雪北风寒。
南迦巴瓦身藏雾，珠穆朗玛臂举天。

2025 年 2 月 27 日
北京，上园村

龙抬头

听说二月逢初二，农事春耕节日餐。
远古伏羲观天象，今朝百姓起龙船。
春回大地新苗醒，雨润植根绿意延。
放灯舞龙祥瑞兆，尝鲜理发亦欢颜。

2025 年 3 月 2 日
北京，上园村

琴棋书画

高山流水曲伯牙，偶遇知音钟子期。
对弈纹枰黄龙士，开疆拓域布玄机。
兰亭挥洒书灵秀，众举超凡圣羲之。
绘画大千泼墨彩，干湿浓淡齐白石。

2025 年 3 月 2 日
北京，上园村

梅兰竹菊

嫣红如锦绣，伴雪似彤云。
曲叶柔舒展，清香沁脾馧。
迎风昂挺立，冒雨壮歌闻。
彩瓣重叠艳，奇芳傲不群。

2025年3月3日
北京，上园村

河西走廊

横贯两千里，青藏内蒙间。
东西接两域，西汉始通连。
汉使张骞拓，班超意志坚。
异国文化汇，炫彩数千年。

2025 年 3 月 6 日
北京，上园村

张骞

张骞奉旨行西域，
武帝建元第二年。
受困途中成使命，
封侯博望永流传。

2025 年 3 月 6 日
北京，上园村

班超

志大谦恭勤孝仁，经史子集广读观。

初达鄯善行为勇，再闯于阗智胆全。

孤勇御敌安疏勒，别亲陷阵克莎车。

威德都护闻东汉，雄略班超定远边。

2025 年 3 月 6 日

北京，上园村

春分

昼夜平分日，春天对半开。
农田忙灌溉，雨燕北归来。
春菜合家宴，踏青挚友参。
高歌排雁阵，展翅上云天。

2025 年 3 月 10 日
北京，上园村

夏至

夜短昼长杆无影，
雷多雨密暑潮生。
拜神祭祀合家宴，
恰适蓬勃万物兴。

2025 年 3 月 10 日
北京，上园村

经史子集

儒家经典历千年，善慧哲思照远方。
史部书籍存事件，风云变幻供思量。
诸子百家齐争艳，闪耀群星睿智张。
歌赋诗词书感想，飞扬文采溢篇章。

2025 年 3 月 10 日
北京，上园村

虎跳峡

崇山夹壑谷，峭壁近长河。
涌浪奔流迅，涛声万众歌。
泥沙合怒水，冲撞壁崖折。
猛虎蹲石望，飞腾过大河。

2025 年 3 月 11 日
北京，上园村

黄果树瀑布

一片葱茏，
一帘水幕，
一团雾气。
一阵轰鸣。

在青翠的大山之间，
河水跌宕蜿蜒，
在蓝天白云之间，
飞瀑悬挂高崖。

摩肩接踵的游人，
行走在山间小路，

向着轰鸣的水声，
缓慢前行。

水声越来越近，
水汽越来越浓，
直到水声震耳欲聋，
直到水雾扑面而来。

从半空垂下无数条水链，
在头顶落下无数滴水珠，
携带着凉气，
散射着亮光。

在宽阔的崖底，
撞起一团白雾，
在平静的水面，
爆发出轰鸣。

空间似乎凝固，

时间仿佛停止，

只能听到耳边的鸣响，

只能感觉到满脸的水滴。

2025 年 3 月 11 日

北京，上园村

荔波大七孔景区

碧水蓝天观岸景，
竹船笑语画中人。
吊桥高悬清溪上，
树掩桥头绿意深。

2025 年 3 月 12 日
北京，上园村

西江千户苗寨

鳞次栉比千户寨，
屋满山坡望绿丘。
店铺石街行远客，
青山碧水乐闲游。

2025 年 3 月 12 日
北京，上园村

纳柏海依拉草原

蓝天，
仿佛水洗过一样，
洁净而透亮，
蓝得让人陶醉。

云朵，
仿佛棉花一样，
松软而洁白，
一朵一朵，
彼此独立，
离地面很近的样子，
好像踮起脚就能触摸到。

从远处望去，

云朵之上，
还有片状的云，
在蓝天的背景下，
云有多个层次，
互不干扰，
界限分明。

草地，
在辽阔的视野里，
草显得十分低矮，
绿油油的，
一直延伸到远处的山脚。

另一侧的山坡上，
有一片房屋，
周围环绕着绿地。

有一条公路，
从草地中穿过，
笔直地伸向远方，

在山脚处拐向一侧，
继续延伸，
不知通往何处。

2025 年 3 月 12 日
北京，上园村

迪庆普达措国家公园

木板路，
蜿蜒，
不宽却平整，
沿着山脚，
绕着草甸，
在天地之间伸展。

水面，
时隐时现，
有大有小，
形状各异，
在山前草边，

在树旁林间。

牦牛，
三三两两，
有黑有白，
低头吃草，
十分悠闲。

山，
不算遥远；
树，
就在眼前；
草，
随处可见；
水，
围绕周边；
云，
飘浮在山峦。

一切都那么安静，
只有游客的谈笑声，
回响在旷野山间。

2025 年 3 月 13 日
北京，上园村

跳棋

两个人的游戏，
彩色的棋子，
简单的规则。

先排列整齐，
再轮流前进，
跳进对面的营地。

无论规则如何变化，
途中必有棋子，
不管己方还是对方，
总要有棋子助力。

有时一路向前，

有时曲折前行，
有时先退后进，
有时等待时机。

想要进展顺利，
必须协作配合：
搭桥协助队友，
对方也能助力，
时常前赴后继；
只有全体到达，
才算最终胜利。

2025 年 3 月 13 日
北京，上园村

台球

笔直的球杆，
浑圆的彩球，
长方的球台。

球的碰撞，
遵循物理定律；
球的轨迹，
可用数学解析。

球杆不长不短，
球手唯一的工具；
白球只有一个，
忙碌不能停息；
白球轨迹变换，

依仗球杆发力。

彩球应声落袋，
并非毫无运气，
但要杆杆命中，
精确计算是前提，
更需稳定的心理。

欲问台球归属，
物理、数学还是体育？
三者皆非，
应属乐趣。

2025 年 3 月 13 日
北京，上园村

哪吒闹海

哪吒四海闹，人气节节高。
父母亲情厚，恩师道义牢。
彩绫长枪利，风轮火焰烧。
谁能违宿命，看我挽狂潮。

2025 年 3 月 17 日
北京，上园村

深度求索

深度推理集众智，求索解析大模型。
循环训练学习快，数据蒸馏代价轻。
算法超强升产业，开源共享惠民生。
智能领域新时代，共创神州远锦程。

2025 年 3 月 18 日
北京，上园村

具身智能

全由人制造，但却并非人。
既具人才智，同形眼颈身。
合金成四肢，芯片驻灵魂。
但愿帮人类，和谐永共存。

2025 年 3 月 18 日
北京，上园村

知行

星辰大海循法度，斗转星移按规则。

达理知书读古训，勤学进校晓今哲。

扬帆远涉重洋域，纵马奔腾旷野坡。

欲驾舟船经训练，如飞驰骋历磨合。

2025 年 3 月 18 日

北京，上园村

高铁

风驰电掣赛游龙，陆地通达惠万民。
网络纵横铺华夏，迅捷便利暖人心。
民安国泰交通助，绿水青山百姓欣。
畅想将来更快速，城际宛若走街邻。

2025 年 3 月 18 日
北京，上园村

复杂网络

脉络连节点，无形亦有形。
飞行云里现，降落空港停。
社会结识众，相关网络生。
知识成体系，概念构节经。

2025 年 3 月 18 日
北京，上园村

星系[1]

群星赫赫，
星光熠熠。

众星奔忙，
旋臂清晰。

星尘浩荡，
新星亮起。

规模宏大，
核心稠密。

漫游太空，
同类相聚。

光线弯曲，
强大引力。

小小太阳，
郊区定居。

期待来日，
探索星际。

飞离地球，
出太阳系。

俯瞰银河，
欣赏旋臂。

光年之外，
无数星系。

状如草帽，
形若球体。

名曰蝌蚪，
称其车轮。

芳名仙女，
银河近邻。

仙女窈纠[②]，
日渐走进。

浩瀚星河，
天文奇观。

恒星璀璨，
夜空绚丽。

2025 年 3 月 19 日
北京，上园村

注：① 作此诗时参考了刘毓庆、杨文娟所著的《诗经讲读》。

② 窈纠：语出《诗经·月出》，通常用来形容女子体态优美。

云海

流动，
朝各个方向，
如海浪般翻滚前行。

纯色，
仿佛最纯的颜料，
没有一丝杂质，
亮白，
如同洁净的雪。

高远，
在群山之巅，
环绕、拥抱、淹没山顶；

在尘世之上，
远离世间的喧嚣，
没有市区的热闹；
在空气稀薄的高空，
蔓延。

广阔，
漫无边际，
与天际相连，
没有尽头；
广袤无垠，
看不见边界，
望不到尽头。

变幻，
瞬息万变，
没有片刻停息，
没有瞬间凝固，

不断变化形态；

千姿百态，

任何形状都可能出现，

所有姿态都可以展示，

永远不会重复曾经的状态。

2025 年 3 月 19 日

北京，上园村

都江堰

李冰父子都江堰，驾驭岷江利蜀民。
鱼嘴分流优比例，宝瓶口内引江临。
飞沙堰阻泥沙聚，人字堤前灌溉勤。
系统工程兴水利，功泽古代惠今人。

2025 年 3 月 19 日
北京，上园村

郑国渠

战国争战乱，献计欲疲秦。
秦力修渠累，韩期缓被侵。
洛河连泾水，灌溉富关中。
郑国全心办，千秋万代功。

2025 年 3 月 19 日
北京，上园村

元亨利贞

初心愿望一闪念，起始火花点木柴。
骏马依图能索骥，探寻路径抵高台。
真诚鼓励出奇迹，巧妙褒扬育将才。
铁杵磨针须日久，穿石滴水必常来。

2025 年 3 月 20 日
北京，上园村

修齐治平

正心诚意在，格物致知先。
长幼仁心孝，亲情厚爱连。
廉洁思百姓，清正惠民安。
道义遵天理，同行共扬帆。

2025 年 3 月 20 日
北京，上园村

水库

青山环绕，
碧水荡漾。

围堰筑坝，
墙高水涨。

水面开阔，
水量增多。

鱼虾畅游，
水鸟逗留。

奔水发电，
灌溉农田。

截流洪峰，
缓解旱情。

顺水行舟，
水深船重。

人与自然，
和谐共生。

2025 年 3 月 20 日
北京，上园村

梯田

一块一块，
零零散散。

形状不一，
大大小小。

位置不齐，
高高低低。

点缀山坡，
布满丘陵。

分层排列，
形如阶梯。

每层虽窄，
层出不穷。

每块虽小，
数不胜数。

种植作物，
春播秋收。

栽培果树，
果满枝头。

青山起伏，
收获幸福。

2025 年 3 月 20 日
北京，上园村

江城子·徐霞客

远游致身弘祖言。九鲤湖，雁荡山。漓江水清，山秀洞奇观。武夷山峰大小藏，会真观，一线天。

振之游记后世传。徐霞客，录毫端。磅礴千里，徒步量峰峦。旷世游圣走天涯，山河看，记名篇。

2025 年 3 月 21 日

北京，上园村

注：徐霞客，名弘祖，字振之，号霞客，是明代著名的旅行家、地理学家，著有《徐霞客游记》。

望江南•宋应星

兴趣广，理化农工文。自幼聪慧读经史，心中熟知李时珍。科举未成真。

种水稻，方法供遵循。机械手工砖瓦匠，兵器火药纺织人。堪比造物神。

2025 年 3 月 21 日

北京，上园村

注：宋应星，字长庚，是明代杰出的农学家、科学家，著有《天工开物》《野议》《思怜诗》《论气》《谈天》等。

否极泰来

乾坤变幻循规律，
昼夜更迭往复来。
水尽山穷藏柳岸，
春寒转暖待花开。

2025 年 3 月 22 日
北京，上园村

水到渠成

雪降江河冻，
春回燕雀归。
秋风吹叶落，
夏雨草葳蕤。

2025 年 3 月 22 日
北京，上园村

情感

由心而发，
睹物而生。

源自心灵，
启自场景。

潮起波涌，
气动风行。

无法量化，
很难把控。

富集能量，
蕴含力场。

助力前行，
选择方向。

伴随愿望，
陪同梦想。

甘若清泉，
喷涌不断。

亮如阳光，
和煦温暖。

2025 年 3 月 22 日
北京，上园村

理智

清晰平和，
开阔无边。

静如湖面，
波纹可见。

完全量化，
尽在掌握。

纵向演化，
横向比较。

逻辑清晰，
推理严密。

宛若程序，
如同机器。

可以编程，
运算自动。

样样具有，
却少目标。

万事俱备，
只缺动力。

2025 年 3 月 22 日
北京，上园村

和氏璧

璞玮荆山采，雕琢质感纯。
闻名和氏璧，旷世楚国珍。
楚赵联姻日，诚心赵殿存。
使秦蔺相如，完璧归赵人。

2025 年 3 月 22 日
北京，上园村

景泰蓝

借鉴融合手艺精，铜丝粗犷纹饰丰。
番莲蕉叶狮球戏，草绿青金釉质均。
蜡台花盆炉碗鼎，磨光细润属北京。
传统技术新方创，绣球大盘孔雀屏。

2025 年 3 月 22 日
北京，上园村

闪现

不知原因，
不明出处。

一段旋律，
一幅画面。

伴随情绪，
波澜起伏。

不知何时，
不明何事。

引起联想，
触动回忆。

一个场景，
一种体验。

画面清晰，
情感真实。

不知何地，
不知何人。

似曾相识，
似曾相知。

搜索记忆，
毫无线索。

无论如何，
不管怎样。

总有些事，
无从思量。

2025 年 3 月 24 日
北京，上园村

感应

电磁感应，
物理现象。

磁场电流，
竟有关联。

并未接触，
尚有距离。

磁场改变，
电流产生。

电流变化，
磁场亦变。

不必相同，
无须相连。

隔空影响，
彼此相关。

世间万物，
常有相像。

磁电感应，
有何联想？

2025 年 3 月 24 日
北京，上园村

见微知著

叶落知秋至，
虫鸣晓夏临。
扬帆天际远，
振翅旅途新。

2025 年 3 月 24 日
北京，上园村

天地间

在盛夏遇见排球

2023 年的夏天相当炎热，即使在太阳落山后，热度依然不减，湿度还很高，时常能让人体会到“蒸桑拿”的滋味。就在这样一个闷热的夏天，我经常陪着佳音到铁科研的球场打排球，这不仅让我忘记了暑热，还平添了不少乐趣。

发球

7 月初的一天，晚饭后，外面还很亮，佳音说排球群里开始约着打球了。我说：“再过会儿天就黑了，连球都看不见。”她说：“是灯光球场，亮着呢！一块去打球吧，待在家里多无聊啊。”我心里有些矛盾。一方面，我有很多年没打过排球了，虽然高中时在班级排球队担任二传，后来博士毕业留校后，也曾在学院的排球队当过二传兼领队，但那都是十多年前的事情了。自从以打乒乓球为主要健身活动后，我就基本停止了其他运动项目。另一方面，我一个人在家待着确实无聊。经过一番考量，最后我还是决定陪佳音一起到排球场看看。

我俩换上运动短裤和短袖，徒步走向运动场。刚离开空调房，一股热浪迎面扑来。铁科研的运动场刚刚完成了扩建整修，包括一块人工草皮的足球场（其面积大约是标准足球场面积的一半）、一块硬地篮球场和两块排球场（其中一块还可以改作网球场），每个场地都有5米多高的铁网围栏。两块排球场中间的网高不同，北面场地稍高些，适用于男排比赛，南面场地稍低些，适用于女排比赛。铁科研每年都举办各所级单位之间的排球赛，男排、女排各有10余支球队参赛。佳音是单位球队的主力兼队长，每年都参赛，取得的最好成绩是带领所里女排荣获全院比赛的亚军。在我印象里，铁科研的男排水平更高些，二传和主攻有明确分工，每个回合基本都有进攻。女排的分工不十分明确，多数没有组织清晰的进攻，以球能过网为首要目标。

到场地时，南面场地已经聚集了不少人，大家正在做准备活动。看到久违的排球场，我拿起一个排球拍了几下，还真有点跃跃欲试的感觉。我和佳音分别站在球网的两侧，准备发几个球试试。佳音用下手发球，排球划出一道高高的抛物线落在我面前。我用上手发球回给佳音，因为很久没打排球了，感觉还是有些生疏，发力不集中，排球刚刚过网就落地了。佳音成功用下手完成几个发球后，尝试用上手发球，结果球不是没过网，就是偏到了场外。

场地里的人越来越多，球场四角的灯亮了，照得场内像白昼一样。大家分成两队，每队 6 人，有男有女。根据个人的大致水平，每个人在场上都有了合适的位置安排，随后开始记分比赛。我们的比赛规则是：每局 25 分，每球得分，三局两胜制，第三局 15 分。

比赛开始了，大家都十分认真，但气氛却很轻松。大家的排球水平虽然有高有低，但是发球基本都能过网。有的是下手发球，球速不快，抛物线比较高，对方比较好接。有的是上手发球，球速稍快，球的飞行轨迹变化较多，经常出现过网急坠的情况，令对方猝不及防，不太容易能接到球。无论是下手发球还是上手发球，发球人都面向球网站立，只不过前者使用右手从下向上击打排球，后者是向高处垂直抛球后，右臂弯曲绕到球的后方，再向上向前摆臂，手掌张开在高点击打排球后方。还有人用勾手发球，采用这种方式发球时侧身站立，左侧向着球网方向，向上垂直抛球后，右臂从右向上抡起，在最高处用手掌击打排球的后方。有人发出的勾手飘球，和上手飘球的轨迹类似，飘忽不定，有过网下坠的情况。还有人用勾手方式大力发球，排球的运行轨迹像炮弹一样迅猛有力，一道低平的抛物线快速砸向对方场地，已经和扣球的效果相仿了，令对方很难接到。只是这样的发球不好控制，容易失误，不是出界就是下网。在随后几天的排球活动中，竟然有人采用跳发球的方式，他将球向上高高抛起，然后助跑两步腾空一跃，向后展臂弓背，再收腹挥臂，“砰”的一声将排球重重地扣出，球瞬间砸向对方场地，简直就是一记后排的重扣。

一传

自从我第一次参加完佳音单位的群众排球活动后，就被快乐、轻松和健康向上的氛围吸引。之后的两个月里，我几乎每天晚饭后都陪佳音到排球场地活动，即使其中有几天佳音因在外培训，没能参加傍晚的排球活动，我也一个人走到球场，继续和大家一起体验排球的乐趣。

整个 7 月份，傍晚的排球活动只有几次因为下雨而暂停，其他时间都很准时地从晚上 7 点持续到 9 点半，参与的人员一直不少，有时甚至组成 3 支球队。当其中两支球队在场上比赛时，第三支球队则在场下助威和观战，等比赛结束后，输球的一方被第三支球队换下，但是连赢两场的球队必须在第三场比赛时被场下球队替换。按照这种比赛规则，持续两个半小时的比赛，每支球队都能至少参赛三四场，相当热闹。

印象中，7 月里，大家的发球都比较稳定，但是一传参差不齐，经常出现因站位和分工不明确而导致对方的有些发球没有人接的情况，或者因手型和站姿不合理而将来球垫飞出界、下网、落地等。有一次，因为一传失误太多，导致比赛的连续性受到很大影响，于是大家停下比赛，由一名水平较高的参与者，手把手地教大家一传的姿势和要领，之后大家就专门练习一传。经过一个多小时的“培训”，大家的一传水平有明显的提升。

在练习一传的过程中，需要专人发球，我在担任辅助一传练习的发球人期间，不仅巩固和提高了上手飘球的技术，还学会了勾手飘球和勾手大力发球。佳音也借此机会，学会了上手发球。

二传

排球队里的二传是球队进攻的组织者，在队里具有核心的作用，一般都由队内技术最全面的队员担任。在傍晚的排球活动中，球队里的二传由多名排球技术较好的队员轮流担当，通常安排两名二传，前排一名，后排一名。佳音和我都曾在晚间的比赛里担任过二传的角色，我当的次数更多些。

我在以往的打球经历中当过二传，那时候经常和队友练习、磨合，因此配合得相对更娴熟、默契；而现在，因大家一起练球的时间不长，再加上我十几年没有打排球了，球感和技术退步很多。当二传的头几天，我还真有些力不从心、失误频发：经常传球不到位，有时给进攻队友传球低了，有时传偏了，有时传早了，有时传晚了。要是能正好传在进攻队员前方略高处，让本方队员扣上一个好球，那真是一件让人无比高兴和充满成就感的事。

由于大家的水平差异很大，全队有扣球进攻能力的队员也就一至两人，所以二传的重点是找人接球而不是传特定的位置。如果进攻队员在前排，一传到位后，当进攻队员已在前排起跳，二传可以给他传一个刚好过头顶、离网口很近的快球。如果进攻队员准备强攻，已退到几米外将要助跑到网前起跳，二传必须传一个高球，越高越好，离网口有一定距离，在进攻队员与网之间，由进攻队员通过助跑和起跳来调整扣球位置和距离。当进攻队员在后排时，一传到位后，二传需要在后排和 3 米线之间传一个高球，也是越高越好，给后排进攻队员留下足够的时间和空间去助跑、起跳、扣球。

我当二传时，很少能传出快球，给后排进攻队员的传球也不多，到了 8 月下旬，才有屈指可数的一两次成功的快攻传球，后排进攻的传球相对快攻传球多些，一般是在有人大喊“传个后排”时，我才会将球高高地传向 3 米线附近。绝大多数情况下，我都是将球传向前排的 2 号位和 4 号位的上方，让进攻队员强攻。

刚开始当二传时，如果一传不到位，我很难传出有质量的球，进攻也很难展开，多数情况下只能无攻过网。进入 8 月份，当面对一传不到位的情况时，我也能及时调整，用上手托球或下手垫球来传出较高质量的二传球，为后面的进攻创造更好的条件。当本方队员接到我的传球，扣出一记得分的进攻球时，我可能比扣球队友还要高兴。

扣球

我对扣球非常陌生，虽然有多年打排球的经验，但是除了接一传、当二传之外，很少当主攻和副攻。无论是在前排快攻和强攻，还是在后排起跳进攻，我几乎都不是作为进攻队员出现的，更多的是给队友传球。

在傍晚的排球活动中，有时队里只有两三个人能进攻，当我站在前排时，按照相对的身体条件，必须由我来当主攻，这时，我也只能硬着头皮上了。头几次扣球时，经常和二传对不上点儿，有时起跳早了，有时起跳晚了，或者二传的球传偏了。总之，虽然能将球打到对方场地上，但不是用手掌扣过去的，而是用手指捅过去的，球的力量不大、速度不快。后来，当主攻的次数多了，我逐渐找到了扣球的感觉，助跑时机拿捏得更准确，根据二传给出的球的位置，起跳位置和跃起的高度也能适应球的位置了，最后是展腹、向后弓背、挥臂，终于将右手的力量都传到球上了。排球“嘭”的一声飞向对方球场，落地得分。虽然在2号位和4号位的进攻成功率越来越高，但是对于快攻和后排进攻，我仍然很少有机会完成。两个月的室外排球活动，除了专门练习快攻和后排进攻时我能成功扣中几个球之外，在分成两个队的比赛中，我几乎都没有成功的快攻和后排进攻。

佳音的扣球技术也有不小的进步，从刚开始一点都不会扣球，到后来逐渐能扣到球但力量偏小，再发展到比较有力度地将球扣过网，成功率也越来越高了。

在和我们一起打排球的人群中，有几位男队员和个别女队员，他们的扣球技术是比较高的，除了扣球的力量大、姿势标准外，扣球成功率也相当高。我当二传时，就颇为乐意为这样的队员传球，当他们扣球成功时，我也同样高兴。

拦网

有扣球，就会有拦网。相对于扣球而言，拦网更容易掌握。和扣球类似，为了不触网，拦网时的助跑最后一步应迈大步，然后垂直起跳，双臂伸直上举，略微前倾，双臂应适当并拢，防止漏球。

虽说扣球成功令人兴奋，但成功拦网也同样让人高兴，有时甚至比扣球得分更让人激动。尤其是当对方进攻队员高高跃起，扣出一记势大力沉的球时，你和队友迅速在网前跳起，用双臂挡住对方来球，排球撞击你的手臂后，快速弹回对方球场，“嘭”的一声砸在地面，本方得分，那种心情，真是太美妙了。

当大家的一传到位率提高了，二传的成功率也上升了，进攻就像模像样地成形了。这时，拦网自然变成了重要的防守手段。前排队员开始有意识地关注对方进攻队员的站位和扣球，主动判断起跳点，然后跃起拦网。虽然刚开始能成功拦网的次数不多，但是随着时间的推移及拦网机会的增多，能拦住和有效拦网的情景也越来越常见了。以至于到了 8 月中旬，当拦网成为常态且变成进攻的最大障碍时，大家普遍要求换到北侧的排球场比赛，因为那边的球网更高些。尽管扣球的难度有所上升，但拦网的难度也提高了不少。

为了提升比赛的对抗性和娱乐性，大家还达成共识：不允许男队员拦对方女队员的扣球，其他的拦网都可以。这样一来，来回球的次数更多了，乐趣也更多了。

配合

在 7 月初的排球活动中，大家相互之间还比较陌生，分成两个队比赛时，基本上都是将球垫过网就行。后来，等大家的一传稳定了，开始组织进攻，这才有了配合。

说到配合，必须先有分工。只有分工明确后，每个人担负起各自的责任，才会产生有效的配合。在每个队确定了二传、主攻、副攻后，其他都是自由人，真正的场上配合就出现了。

即使分工明确后，起初大家还有些不适应，对于自己的职责尚未完全清楚。在磨合了一段时间后，也是在实践中观察其他人的表现与行为后，大家才逐步明确了各自不同角色的主要职能，分工变得更加清晰，配合也就更加默契了。

由于队友的构成在每次活动时都不尽相同，每个人的相对优势在团队里也会有变化，我在队里就分别担任过二传、主攻、副攻和自由人的角色，当二传的次数最多，当主攻和副攻的次数相当，个别几次当过自由人。

到了 8 月下旬，参加排球比赛的人员越来越多，有时必须得分成 3 个队轮流上场。这个时候的排球比赛较之 7

月初更加热闹，常常比分交替上升，双方有配合、有进攻，还有拦网，一个球得经过多个回合才分出胜负。场下的观众不时地给予喝彩和加油呐喊，气氛热烈而欢快。

感恩能在 2023 年的盛夏遇见排球，感受那跳跃在指尖的无限活力。

2024 年 11 月 29 日

北京，上园村

风雪旅途遇见你

2024 年 3 月底至 4 月初，和亲友一行 4 人到西藏林芝游览，一直在海拔 3 000 米以上的地区，最高处到达海拔 4 728 米。我们既观赏了 4 月初林芝的桃花、高山、湖泊、雪山和森林，又看到了风雪交加的崎岖山路和华丽缤纷的高山杜鹃花，更是遇到了虔诚而热情的藏民，收获颇丰。

初到林芝

3 月 30 日，佳韵、佳音和我从北京出发经成都转机至林芝，然后在林芝米林机场等待从上海乘航班经重庆转机而来的何英。我们一行 4 人聚齐后，由导游开车直接前往景点游览。

这时已接近中午，气温虽然不高，准确地说，还有点凉，但是阳光明媚，云朵在蓝天的映衬下，显得分外亮白。沿途的车辆不少，我们大约用了一个小时就到达了景区。来林芝前，我还有些犹豫，因为尽管林芝在前藏，海拔比后藏要低些，又有“西藏小江南”的美名，但是它毕竟属于高海拔地区，平均海拔都在 3 000 米以上，心中不免有些担忧。2006 年我和佳音一起到玉龙雪山旅游时，到过海拔 4 680 米的观景台，当时并没有出现高原反应，我们在观景台短暂停留了 1 小时左右。2010 年我又和佳音一起到黄龙游览，当晚在景区内住宿，虽然当地海拔只有 3 500 米左右，比玉龙雪山观景台的海拔低不少，但晚上基本没睡着，还有点轻微的头疼。所以在 2023 年，出于对高海拔景区的顾虑，再加上当时还有些别的事情，我就缺席了佳音、佳韵、何英 3 人的西藏之旅，至今仍感到颇为遗憾。2024 年初，她们 3 人再次策划到西藏游览，又邀请我参加。这次我虽然有些迟疑，但还是接受了邀请，期待实现超越自己的旅行。

首先来到嘎拉村，这里海拔 2 800 多米，有盛开的粉红色桃花，还有成片的金黄油菜花，配上蓝天白云，宛若一幅风景画。大家在拍照时，时间过得很快。这里空气清新，气温在五六摄氏度，微凉。路过一个四角小亭，青灰的瓦、淡黄的柱子，旁边是开满花朵的桃树，后面还有一条清澈的小河，远处是白云点缀的蓝天，我们一起在这里留下了一张初到林芝的合影。

桃花和油菜花

在嘎拉村的合影

第一次到林芝，虽然经过中转的奔波，我们都尚未完全恢复体力，但是被眼前的美景所吸引，也就忘记了疲劳，尤其是大家基本都没有高原反应，行动比较轻松自如。初到林芝的体验，为之后的旅途奠定了坚实的基础。

林芝的桃花

南迦巴瓦峰

南迦巴瓦峰，地处喜马拉雅山脉、念青唐古拉山脉和横断山脉的交会处，是林芝市最高的山，海拔 7 782 米，属于喜马拉雅山脉，位于喜马拉雅山脉的最东端。

在西藏，山是力量、永恒和神秘的化身，往往被赋予很多神话传说，也常常和宗教信仰有关。南迦巴瓦在藏语中有多种解释，其一是“雷电如火燃烧”，其二是“直刺天空的长毛”，其三是“天山掉下来的石头”。

山的力量和永恒感，来自它的巍峨与宏大，更与它历经亿万年而存在于时空之中的稳定感息息相关。越高的山，越容易被云雾环绕。海拔超过 6 000 米的山峰，几乎常年被云所覆盖，即使山脚下是晴空万里，山巅亦常有雾气缭绕，宛若仙境。南迦巴瓦峰的神秘感，或许是因为它的真容难得一见。

藏区的人们对山有着特殊的情感，可以用“崇拜”二字来形容。藏民不仅将几座海拔超过 6 000 米的高山称为“神山”，还有“转山”的习俗。听导游介绍，“转山”者少则绕山徒步行走几天，多则十几天甚至几个月，不少人还在途中几步一磕头或一步一磕头。在海拔 4 000 米以上的山区徒步行走如此长距离，既磨炼体力、耐力，又考验意志力，仅从这个行为就能让我们感受到“信念”的力量之强大。

来林芝的游客，都希望一睹南迦巴瓦峰的全貌，尤其是日照金山的胜景。我们也驱车到达一处观赏南迦巴瓦峰的观景点，尽情欣赏着眼前的高山、大江和盛开的桃花。

佳音、何英、佳韵的合影

站在一座海拔超过 7 000 米的高山前，即使山顶被浓云遮挡，也仍然可以看见整座山体的轮廓。和平原地区海拔 1 000 米或 2 000 米的山峰不同，当你走进藏区山峰观赏时，已经身处海拔 3 000～4 000 米的高原，其海拔高度比平原地区的大多数山峰之巅都还要高出很多，空气比平原稀薄许多，会令你有一种缺氧时才有的“恍惚感”，就算没有明显的高原反应，比起在低海拔地区也会让你多了些“飘忽”的感觉。一座庞大无比的高山矗立在你的眼前，在空间上给人带来的一种震撼和压力，让人不由自主地领略到自然的强大力量和人的渺小，对高山的敬畏之心由此产生。此刻，我似乎理解了藏民对山的敬畏和膜拜。

望着不远处被云层覆盖的山峰，期待着云开雾散，显露南迦巴瓦峰的时刻能够到来。我们所在的地方是一个餐厅的后面，脚下是一片用石子铺就的地面，前面是群山，其中的最高峰就是南迦巴瓦峰。此地海拔在 3 000 米以上，空气清爽，阳光在云层缝隙间时有时无，周围有一道低矮的石墙，石墙旁边还有几张桌子和数把椅子。在等待不远处山顶的云雾散开之际，我们选取不同的场景，拍摄了不少照片留作纪念。边说、边笑、边拍照，忘记了时间、忘记了山峰。不知道过了多长时间，顶峰依然在云里雾里，我们只能心存遗憾地离开此地，前往下一个景点。

在观景点的合影

在离开林芝前，我准备在微信朋友圈发一组游览照片，作为这次林芝旅游的总结。当我在手机相册中筛选照片时，忽然发现从成都飞往林芝的途中透过飞机舷窗拍到的一张照片，经大家辨认，它很有可能就是南迦巴瓦峰所在的山脉。希望我们这次旅游没有错过南迦巴瓦峰的真容。

透过飞机舷窗拍到的山峰

杜鹃花

赏花一般都是在春暖花开、风和日丽的日子里，鲜花很少与寒冷和积雪相关联，但是在林芝的游览途中，沿途森林里的杜鹃花，却让人对花的印象有了新的拓展。

林芝之旅，经常驱车在高海拔的山区公路上行驶，时常在道路两侧的树林中看见开满五颜六色花朵的杜鹃花树，有的花朵鲜红如火焰，有的花瓣洁白如云朵，还有的花朵粉艳似朝霞。通常是一株两人多高的大树上，布满鲜艳的杜鹃花。在我记忆中，长在树上且像杜鹃花这样，有拳头般大小的，只有玉兰花了。只是玉兰开花时，树上还没有长树叶，等树叶长出来时，玉兰花基本上快没了。而杜鹃花却是绿叶配鲜花，花繁叶茂。

五颜六色的高山杜鹃花

这种高山杜鹃花十分特别，它由许多喇叭状的小花朵簇拥在一起，构成一个更大的花朵，花蕊分散生长在各个小花朵内，整体呈球状，远远望去，仿佛在绿叶间挂着许多小灯笼。

粉色杜鹃花

淡黄色杜鹃花

在山区公路上驱车赶路时，时常会遇到路边停着车，游人们下车走进路边的树林，给杜鹃花拍照。

即使遇到下着小雨，游人们也大多数不打伞，穿着略带防雨功能的冲锋衣，拎着各种照相器材，沿着公路边上泥泞的小路，深一脚、浅一脚地进入森林，寻找开满鲜花的杜鹃花树。大家不顾淅淅沥沥的雨滴，笑逐颜开地在杜鹃花树前留影。

佳音在杜鹃花树前留影

色季拉山

去西藏旅游，最突出的体验是高海拔，3 000 米只是个起点，其次是山路崎岖和颠簸。在地势平缓的地方，道路条件是很好的，只是在山势陡峭之处，因大雨形成的泥石流冲毁部分路段，时常有工程机械在抢修路面，造成临时改道，车辆需要排队缓慢通过。在高海拔地区，尤其是林芝山区，雨水较多，路面湿滑，车辆行驶很受影响。但也许这就是来藏区旅游的独特体验，沿途欣赏两侧壮丽的雪景，常常被震撼到。

雪中苍松

在这次行程中，我们两次途经色季拉山口，此地海拔4 728米，成为此次林芝之旅的最高海拔地点。第一次到这里时，下着小雪，地面的积雪深约30厘米，气温在零下四五摄氏度，即使我们都穿上了带来的所有衣服，还是会感到有些冷。游客们都纷纷在一个标志物前照相，佳音和我也站在这个用石头堆成的小塔前面合影。这个塔有六七米高，下半部分有六七块大石头，中间立着一根短柱子，最顶端放着一个牦牛的头部雕塑，牦牛两只弯成约90度角的牛犄角指向天空。短柱子一端有一方金属质地的牌子，上面用白字写着“7782”，这个数字是南迦巴瓦峰的海拔高度，猜测这个标志应该与表达对南迦巴瓦峰的敬畏有关。牌子下方悬挂着一个半人高的钟，钟内垂下一根绳子，拍照打卡时佳音左手就拽着这根绳子。

佳音和我在标志物前合影

踩着没过鞋面的积雪，虽然很冷，却很清醒，呼吸也还算均匀。眼前白茫茫一片，感觉寒冷的空气中掺杂着雪花的氧气够用了，和十几年前站在海拔 4 680 米的玉龙雪山观景台时的感受很不一样。当时是乘坐缆车从海拔 3 000

米左右直接到达海拔 4 000 米以上，然后徒步走到观景台。观景台的周围植被茂盛，当时风和日丽，我穿着厚厚的羽绒服，太阳一出来，热得我直冒汗。而这次，色季拉山口风雪交加，我又冷又饿，幸好没有明显的高原反应，这一点倒是和游览玉龙雪山时一样。每次到高海拔的地区之前，都不知道自己是否能适应高原环境，只有身临其境，才能了解自身的潜力到底有多大。

雾中雪山

路途虽然曲折、颠簸，但是山区的雪景甚是壮丽。由雪线勾勒出山的轮廓，与白雪点缀的苍劲松枝，搭配上背景中霭霭的雾气，共同构成了一幅意境悠远的山水图画。

索松村

第一次翻越色季拉山口后，地势逐渐平缓，雪也渐渐停了。阴沉的天空愈加晴朗，路边的景色也豁然明亮起来。开满花朵的桃树在道路两侧，枝杈丛生，粉花娇艳。这些桃树不太像人工种植的，而是自然生长的，因为大小不一、位置分散，树形也相差甚多。有的低矮，才一人多高，好像一个大花篮；有的高大茂盛，足足有五六米，犹如巨塔一样。我看到有一棵桃树独自矗立在一片绿油油的田地里，后面是深绿色的松树，远处是色季拉山。山顶上还有积雪覆盖，山峰周围飘着几朵白云，阳光从头顶方向照射下来，让天空显得蓝中透亮，田地绿得像水洗过似的，桃花则宛若半透明的玉质花瓣，就连空中随意飘浮的云朵，都呈现出轻灵的模样。

一棵独自矗立在田地里的桃树

到山下刚好是下午最热的时候，阳光开始有些刺眼了。何英、佳韵和佳音在树荫里拍了一张合影，何英站在中间，做了个比心的手势，三个人都是笑容满面、神采飞扬的。照片中的绿地、桃花、桃树、高山和白云，都轮廓清晰、色彩明亮，如果不是这里海拔高，真会误以为是在江南了，导游说这里是索松村。

佳音、何英、佳韵的合影

林芝的桃树随处都是，有些成片，有些三三两两的，有的独立一棵开满桃花，也是一道风景。和果园中的桃树不同，这里的桃树形态千差万别，枝杈生长得更加随意自由，丝毫没有人工剪裁的迹象。由于只有花，尚未长出绿叶，所以远远望去，到处像一片片粉红的云霞点缀在村落的周边、道路的两侧、河岸的附近。这次旅行中曾路过一户人家，院内有一棵硕大的桃树，鲜花布满枝头，一家五六口人坐在树下的石桌旁，品茶、赏花、观景，真是惬意、自在。

林芝的桃花

然乌湖

这次行程的最后一站，是海拔约 3 880 米的西藏然乌湖国家森林公园，这里有山、有水、有森林、有蓝天、有白云、有白雪，美景如画。

西藏然乌湖国家森林公园

远处的高山顶峰被积雪覆盖，在蓝天和云朵的映衬下，格外明亮，茂密的森林勾勒出锥形的山体，一直延伸到碧绿而平静的湖水边。另一端，湖中布满大大小小的碎石，一条小河从山谷里缓缓流淌而来，在石缝间泛起浪花。

然乌湖与山石

近处的湖面安静而祥和，湖边有一片地势平缓的沙地，人们争相在此处拍照留念。远处的雪山与眼前微微泛起涟漪的湖水相映成趣，既雄壮又婉约。

我们几人在湖边拍照良久，忽然感到又冷又渴，走到离湖边有一段距离的坡上，准备买杯热咖啡解渴取暖。佳韵买了 4 杯热咖啡，大家每人一杯。卖咖啡的小伙子很热情地向我们推荐他随咖啡一起免费赠送的服务——拍摄情

汇进然乌湖的溪流

景视频。我们对此都很好奇，因此让他讲解并试验一次。小伙子随即用我们的手机录制了一段情景视频：“主人公”坐在小圆桌旁的椅子上，侧身朝着然乌湖方向，先摘下墨镜，然后喝一口咖啡，再拿起小桌上的相机对着然乌湖进行拍照。当然，“主人公”可自行设计动作。小伙子一边提示当前的动作，一边移动手机选取适当角度，有时还提醒画面中人物的表情。除了镜头中的人物，我们其他几个人都大笑不止，尤其是当小伙子给“摆拍”的“剧中人物”提示动作要领和表情细节时，我们更是笑得前仰后合。整段视频时长二三分钟，三位女士每人都录制了一段，以作留念。

佳韵、何英和佳音在然乌湖的合影

佳音和我在然乌湖的合影

金厅晚宴

这次林芝之旅，除了欣赏千姿百态、色彩艳丽的桃花之外，印象最深的就是藏民对高山的崇拜和虔诚。在临近旅途尾声时，我们来到一家知名的饭店品尝藏餐，又再次被店主人的热情、环境的别致和菜肴的丰盛所感动。

餐厅全景

饭店的大厅以金黄色调为主，大厅内放置着许多张木制的棕黄色桌子，桌子的侧面雕刻了图案。淡黄色木板装饰的墙壁上，每隔一两米就悬挂着一幅书法作品，以行书和草书字体为主，还有的作品是用藏文书写的。书法作品之间布置着藏族饰品。屋顶的带状暗灯也都是金色的灯光，将整个大厅映射得金碧辉煌。大厅里回响着用藏语演唱的歌曲，虽然听不懂歌词，但是依然能感受到曲调悠扬如诉。

聚餐合影

餐桌上的菜肴大多是初见，却各个品相甚佳，口感颇好。菜品相当丰富，一道又一道，仿佛无尽的盛宴。

我们还点了一壶青稞酒，度数适宜，微甜。大家频频举杯，共同回忆游览时的美景，展望充满期待的未来，笑逐颜开。

2025 年 1 月 26 日

北京，上园村